AMARILLIS, PASTORALE.

Harrewyn fecit.

AMARILLIS
PETITE
PASTORALLE,

Mêlée de Recit, de Musique & de Danse.

COMPOSE'E

Pour étre represèntée par des Personnes de Qualité.

Par Mr. PASSERAT.

A BRUSSELLES,

Chez GEORGE DE BACKER, Imprimeur & Marchand Libraire, aux trois Mores, à la Berg-straet. 1695.

Avec Privilege du Roy.

LES PERSONNAGES.

AMARILLIS.
DIANE.
IRIS. } Nimphes de la fuite d'Amarillis.
CLIMENE.
TIRCIS , Amant d'Amarillis.
IDAS , Amant de Climene.
UN SATIRE , Amant de Climene.
Chœur & Troupe de Bergers & de Nimphes.
Chœur & Troupe de Satires.

La Scene est dans un bois.

AMARILLIS
PETITE
PASTORALLE.

SCENE PREMIERE.
TIRCIS, IDAS.

TIRCIS.

Etirons-nous, Idas, on va finir la fête,
A quitter ces beaux lieux Amarillis s'appréte,
Quand un heureux destin me permet de la voir
Le plaisir que je sens ne se peut concevoir ;
Mais malgré les transports d'une tendresse extréme,
Il faut qu'en l'adorant je cache que je l'aime,
Allarmé du malheur de mille autres Amans,
Je renferme en mon cœur mes feux & mes tourmens.
        Ah! que c'est une rude peine,
Aimant avec excés de cacher son ardeur,
Et qu'il est mal-aisé d'affecter de la haine,
Quand l'amour le plus tendre occupe nôtre cœur !

IDAS.

Mais pourquoi, si l'amour vous tient sous son empire,
Dissimuler le feu que ce Dieu vous inspire ?
La Nimphe Amarillis est un objet charmant,
On voit briller en elle esprit, beauté jeunesse ;
Mais malgré sa rigueur & sa delicatesse,
Un Berger comme vous lui plaira pour Amant.
Si son cœur toûjours libre & dans l'indifference,

A 3.   A

A bravé jusqu'ici l'amour & sa puissance,
C'est que dans ces hameaux aucun autre Berger,
N'a merité l'honneur de pouvoir l'engager ;
Ils ont manqué d'esprit, d'adresse ou de constance ;
Mais vous en qui le cœur égale la naissance,
Qui semblez être né pour Mars & pour l'Amour,
Et qu'Amarillis seule arrête en ce séjour,
　　　　Ne craignez pas leur triste destinée.
Tout semble vous promettre un succés bienheureux,
L'ame la plus cruelle & la plus obstinée,
Tient peu contre les soins d'un cœur bien amoureux.

TIRCIS.

Cessez de me flater d'une esperance vaine :
　　　　Je connois trop mon inhumaine,
Les pleurs & les soupirs irritent ses mépris,
　　　　Et son ame hautaine,
Dedaigne les Captifs qu'une fois elle a pris.
Sur cent autres Bergers j'ai veü tomber sa haine,
Pour la voir sans peril, l'ingenieux amour
M'oblige à me servir d'un penible détour,
Loin de montrer mes feux à cette beauté fiere,
J'affecte devant elle un air indifferent,
Je blâme des Amans l'indolente maniere,
Et semble condamner tous les soins qu'on lui rend ;
Un pareil procedé fait plus qu'on ne peut croire,
Car le sexe par tout veut être le vainqueur,
　　　　Et souvent se fait une gloire
De ranger sous ses Loix un insensible cœur.

IDAS.

　　　　Pour moi, je hais cette finesse,
Lors qu'un objet me plaît je le dis sans façon,
　　　　Et sur le fait de la tendresse,
Ma maniere d'agir peut servir de leçon.
Je fuis la vaine erreur qu'on appelle constance,
Et toutes les beautez ont dequoi m'engager.
Avec ces sentimens, cher Tircis, un Berger
　　　　Est plus heureux que l'on ne pense.
La blonde me desarme, & ses yeux languissans

Me

Me percent jufqu'au cœur d'un trait inévitable;
L'air amoureux & vif d'une brune adorable,
   Peut enchanter mes fens.
   En celle-ci j'aime la danfe,
   En celle-là j'aime la voix,
Et la maigre & la graffe ont fur moi quelquefois
   Une égale puiffance.
La jeuneffe, l'efprit, la beauté, la naiffance,
Ont toujours tour à tour le droit de m'enflamer,
   Et j'aime tout fans rien aimer.

     T I R C I S.

Pour changer mon deffein la remontrance eft vaine.
   L'amour fçaura finir ma peine,
Et rendra quelque jour mes deffeins accomplis.
Mais nous verrons bien-tôt paroître Amarillis,
   Et déja j'apperçoi Climene.

S C E N E I I.

CLIMENE, TIRCIS, IDAS.

C L I M E N E.

Uoi! vous vous écartez? c'eft dequoi s'étonner.
  Bergers, qui vous oblige à nous abandonner?
Je le voi bien, l'amour aime la folitude.

     T I R C I S.

Nous fuyons l'un & l'autre un fuplice fi rude,
Et nos cœurs à fon feu n'ofent s'abandonner.

   C L I M E N E chante.

Vous avez beau lui refifter,
L'amour fçaura vous y contraindre,
On voudroit en vain l'éviter,
C'eft le fentir que de le craindre.
Vous avez beau lui refifter,
L'amour fçaura vous y contraindre.

     T I R C I S.

  Quelque pouvoir qu'amour ait fur un cœur
D'un femblable combat je fors toujours vainqueur.

   C L I M E N E chante.

Une ame cruelle,

A 4   S'en-

AMARILLIS

S'enflame aisement,
Un amour fidelle
Est toûjours charmant.
Les yeux d'une belle,
Dans un seul moment,
D'un Berger rebelle
Font un tendre Amant.

On entend un concert de haut bois.

TIRCIS à Idas.

J'entens Amarillis, & je crains sa presence.
Fuyons. Si je restois en ce funeste lieu,
L'on pourroit voir cesser ma feinte indifference.

IDAS.

Allons, je suis vos pas. Adieu, Climene, adieu.

CLIMENE seule.

Tircis voudroit en vain dissimuler encore,
A lire dans son cœur j'ai trop sçeu m'attacher;
Je connois malgré lui l'ardeur qui le dévore.
Un feu bien allumé ne sçauroit se cacher.
Oh que de fanfarons en amour comme en guerre,
Loin de leurs ennemis respirent le combat,
Ils semblent quelquefois défier le tonnerre
    Et cependant un seul coup les abat.

SCENE III

Quatre haut bois habillez en Satires marchent devant
Amarillis laquelle est suivie de Diane & d'Iris.

AMARILLIS, DIANE, IRIS, CLIMENE.

AMARILLIS.

JE viens de voir Tircis, il étoit en ces lieux,
    Ce Berger parloit à Climene.
Il nous quitte pour elle & fuit même nos yeux.
Non, ne m'en parlez plus, il merite ma haine.

DIANE en chantant.

Un cœur facile à se trahir
Se connoit peu lui même.

Bien

Bien souvent l'on pense haïr
Et c'est alors qu'on aime.

IRIS *en chantant.*
Le plus grand courroux s'assoupit,
Ce n'est qu'une foiblesse.
Et quelquefois par son depit
On montre sa tendresse.

AMARILLIS.

Vous interpretez mal les desseins de mon cœur :
Armé jusqu'ici de rigueur,
Il a bravé l'amour & son empire.
Et vous croyez que je soupire!
Non, non, detrompez-vous, & me connoissez mieux.
Je n'aime point Tircis, gardez-vous de le croire.
Mais puis qu'il me fuit en tous lieux,
A vaincre sa fierté je mets toute ma gloire.
Je dedaigne les cœurs qui me cedent d'abord,
Je veux que l'on combate & que l'on se rebelle ;
Plus un Berger contre nous fait d'effort,
Plus la conquête en paroît belle.
Je pretens malgré lui le contraindre à m'aimer,
Qu'à ce que j'ai d'attraits il vienne rendre homage,
Et j'aurai le plaisir, si je puis l'enflamer,
De voir à mes genoux ce superbe courage.
Je l'entendrai gemir, je le verrai pleurer,
Sans que pour lui je m'interesse.
J'appliquerai mes soins à le desesperer
En triomphant de sa foiblesse.
Ainsi je sçaurai me vanger
Des mépris éclatans d'un insolent Berger.

DIANE *chante.*
Un cœur qui semble detaché
Est plus enflamé qu'on ne pense.
Et l'amour est souvent caché
Sous un feint desir de vengeance.
Un cœur qui semble detaché
Est plus enflamé qu'on ne pense.

AMA-

AMARILLIS.

L'honneur de nôtre sexe est sans doute engagé,
A domter la fierté de son ame insensible.
Et je n'aurai pour lui qu'un dedain invincible,
Si-tôt que sous mes Loix l'amour l'aura rangé.

IRIS chante.

Une Bergere.
Dans sa colere
Croit ne jamais aimer.
Mais quoi qu'on puisse faire,
Dés que l'on cherche à plaire
On cherche encore à s'enflamer.

AMARILLIS.

Ah! que je crains ce funeste presage!
Laissez-moi me cacher mes propres sentimens.
J'aprehende l'amour, je fuis son esclavage,
Il n'offre à mon esprit que peine & que tourmens.
Souffrez que je me flate encore de l'esperance,
De pouvoir de ses feux m'affranchir aujourd'hui.
Mais helas! je sens trop que mon indifference
Ne pourra pas longtems resister contre lui.

DIANE & IRIS chantent ensemble.

Ne vous contraignez plus, cedez sans resistance,
Aimez à vôtre choix.
C'est dans nos bois
Où regnent les plaisirs, l'amour & l'innocence,
C'est dans nos bois
Où l'on suit de l'amour les plus aimables loix.

AMARILLIS.

Helas! quelle contrainte!
Mon cœur est tour à tour
Emporté par l'amour
Retenu par la crainte.
Dans quel abîme affreux le sort me veut plonger!
Ah! trop cruel honneur! ah, trop charmant Berger
Que vous causez de troubles à mon ame!
L'un m'ordonne de fuir qui ne sçauroit m'aimer,
L'autre par ses regards semble irriter ma flame,

Quand

Quand l'un retient mes vœux, l'autre me sçait charmer.
Je ne puis rien resoudre en cette peine extréme.
O Ciel, ne souffre pas que j'aime,
Ou permets que Tircis puisse aussi s'enflamer.

CLIMENE.

Ah! Nymphe, dissipez ces cruelles allarmes,
Tircis soupire pour vos charmes,
Son trouble, ses discours me l'ont assez fait voir.

AMARILLIS.

Je n'ose me flater de cet heureux espoir,
Je crains tout, & mon cœur en cette inquietude
Pour calmer mes ennuis veut de la solitude,
Laissez moi seule, allez, ne suivez point mes pas.

*Tous se retirent hors un des Satires qui reste sur
la Scene, pour observer Climene.*

SCENE IV.

CLIMENE, UN SATIRE.

CLIMENE.

L'Amour a bien des maux s'il a quelques appas.
Trop heureux qui n'en prend que ce qu'il en faut
prendre,
Et plus heureux encor qui s'en pourroit defendre.

LE SATIRE.

Ah! je te tiens, Climene, & tu dois en ce jour
Repondre à mon amour.
Tu sçais depuis quel tems je t'adore, follette,
Mais j'ai perdu mes pas, mes soins & mes soupirs,
Et puis qu'ici je te trouve seulette,
Il faut, sans differer, contenter mes desirs.

CLIMENE.

Tu t'échaufes en vain, Satire,
Tout beau, modere-toi;
Cherche une autre que moi
Pour soulager ton amoureux martire,
Ton aspect seulement m'inspire de l'effroi,
Et ta sotise me fait rire.

L2

LE SATIRE.

Qui t'oblige à me rebuter?
Mieux qu'aucun autre Amant je puis te satisfaire.

CLIMENE.

Le bel Amant pour me tenter,
Et le charmant objet pour plaire.

LE SATIRE.

On doit preferer nôtre ardeur,
A celle des Bergers qui vous suivent sans cesse,
S'ils l'emportent en gentillesse,
Nous les surpassons en vigueur
Aussi bien qu'en tendresse.
Avec ces delicats, pleins d'esprit, d'enjoûment,
Il est certains plaisirs dont fort souvent on chome:
Mais pour l'essenciel que l'on cherche en aimant
Un Satire, croi moi, vaut mieux qu'un plus bel homme.
Oüi, le bon bout, Climene, est de nôtre côté,
Nous avons en amour tout ce qu'il faut pour plaire;
Et ce n'est pas toujours l'esprit & la beauté,
Qui sçavent contenter le plus une Bergere.

CLIMENE.

Va, je ne comprens rien à tes raisonnemens.

LE SATIRE.

Allons, avec le tems tu pourras les comprendre.

CLIMENE.

Laisse-moi seule ici, je ne veux plus t'entendre.

LE SATIRE.

Quelque sot! moi je veux dans mes embrassemens...

CLIMENE.

Helas! de ce brutal qui pourra me defendre?

LE SATIRE.

Tu viendras dans le bois, & je pretens aprés....

CLIMENE.

Temeraire.

LE SATIRE.

Entre nous, habitans des Forests,
La contrainte est bannie.
Vois-tu? nous enjambons sur la ceremonie

Eı

Et ne laiſſons jamais perdre l'occaſion.
Auſſi la retenuë eſt fort peu neceſſaire,
Et l'on court quelquefois grand hazard de deplaire
Quand on veut affecter trop de diſcretion.

C L I M E N E.

Laiſſe-moi, je te prie.

L E S A T I R E.

Abus.

C L I M E N E.

Quoi ....

L E S A T I R E.

Bagatelles.

Quand on mepriſe nos amours
Nous ſçavons l'art de dompter les cruelles,
Il faut venir, ingrate.

C L I M E N E.

Au ſecours, au ſecours.

S C E N E V.

CLIMENE, IDAS, LE SATIRE.

I D A S *au Satire.*

Qui te peut inſpirer une télle inſolence ?
Quoi tu voudrois ....

C L I M E N E.

Ah ! point d'emportement

I D A S.

Delivre-nous de ta preſence,
Ou crains le juſte effet de mon reſſentiment.

L E S A T I R E.

Sur moi, pour commander, as-tu quelque puiſſance ?
Ses yeux depuis longtems m'ont rendu ſon Amant,
De ma fidelle ardeur je veux la recompenſe.

C L I M E N E.

Va chercher dans les bois la fin de ton tourment.

L E S A T I R E *à Idas.*

Je ſçaurai l'attraper, malgré ta reſiſtance,
Et l'hymen quelque jour .... I D A S.

Sors donc & promptement.

B   SCENE

SCENE VI.

Toute cette Scene se chante.

CLIMENE, IDAS.

CLIMENE.

DE mille soins un cœur est agité
A qui l'amour fait ressentir ses peines.
Il n'a plus de tranquilité
Si tôt qu'il languit dans ses chaînes,
Et pour braver ses rigueurs inhumaines
Je veux toûjours garder ma liberté.

IDAS.

La beauté la plus severe
Est facile à s'engager,
La fierté ne dure guere
Contre un aimable Berger.
Ce plaisir seul peut satifaire
Et si tu le fuis en ce jour,
C'est moins la faute de l'amour
Que de l'amant qui ne peut plaire.

CLIMENE.

Je fuis l'amour & les Amans,
Qui voudra s'engager, s'engage.
Dans le doux printems de nôtre age
Craignons la peine & les tourmens.
Dans le doux printems de nôtre age
Fuyons l'amoureux-esclavage,
Et nous serons toûjours contens.

IDAS.

Ah ! quitte cette humeur severe,
Puis qu'entre tes Captifs l'amour m'a sçeu ranger.
Si tu veux être ma Bergere,
Je serai constamment ton fidelle Berger.

CLIMENE.

Je te connois, Amant volage.
A chaque belle tour à tour
Tu tiens un semblable langage,
Mais malgré ton adroit detour,
Je te connois, Amant volage.

IDAS.

Je meurs pour tes divins appas,
Mon ardeur augmente sans cesse,
Eh quoi, ne veux-tu pas
Répondre à ma tendresse.
Eh quoi, ne veux tu pas
Empêcher mon trépas.

CLIMENE.

Quand tu me contes ton martire,
Que tu parles de ta langueur,
Tu penses me toucher le cœur
Et tu me fais crever de rire.

IDAS.

Ingrate, tu me fuis ! ah ! mon cœur en soupire.

CLIMENE.

Lors que l'on craint de s'engager
La raison veut qu'on se retire.
Quelquefois un jeune Berger
Est plus à craindre qu'un Satire.
Je cherche Amarillis, laisse-moi seule, Idas.

IDAS.

Je ne puis, l'amour veut que je suive tes pas.

SCENE VII.

TIRCIS seul.

SAcrez hôtes des bois, voyez couler mes larmes,
Vous qui fuyez ici le bruit & le grand jour,
Dans ces sombres forests dont vous goûtez les charmes
Soyez les seuls témoins d'un malheureux amour.
Souffrez qu'au souvenir de mes secretes peines,
Je trouble par mes cris le chant de vos oyseaux;
Et qu'accablé d'ennuis, au bord de ces fontaines,
De mes pleurs redoublez je grossisse leurs eaux.
J'adore Amarillis; sa beauté, sa jeunesse,
M'inspirerent d'abord une juste tendresse:
Ses yeux toujours vainqueurs me firent son amant,
Et je sens cette ardeur croître à chaque moment.
Cependant je m'en tais. Ah ! c'est trop me contraindre,

B 2   Quel

Quel fruit puis-je esperer de feindre si longtems?
En lui parlant d'amour je sçai ce qu'il faut craindre,
Mais aussi je sçai bien que je meurs si j'attens.
Les devoirs empressez d'un cœur tendre & sincere
Pourroient-ils offenser une jeune Bergere?
Non, ne differons plus, & courons donc enfin
Recevoir à ses pieds l'arrét de mon destin.
Mais ô Ciel! qu'apperçois-je? elle même s'avance.
Je veux chercher sa veuë & je crains sa presence.
Quelle indigne foiblesse! ah, par un noble effort
Rendons son cœur sensible, ou courons à la mort.

SCENE. VIII.

AMARILLIS., TIRCIS.

AMARILLIS *sans voir Tircis.*

ARbres épais, sombre verdure,
Qui poussez jusqu'au Ciel vôtre faîte orgueilleux,
Si je vous parle ici des peines que j'endure,
N'allez pas decouvrir mes secrets amoureux.
Contre un fier ennemi je cherche un sur azile,
Dans vos sentiers confus je viens porter mes pas.
Rendez par vos froideurs mon ame plus tranquile,
Et laissez-moi joüir de vos charmans appas.
Ma raison aujourd'hui veut éteindre ma flâme!
O Ciel, ô juste Ciel, préte moi ton secours,
Aide-moi, s'il se peut, à bannir de mon ame
Cette ardeur si fatale au repos de mes jours.
D'un tirannique amour je crains la violence;
Ah! tâchous à calmer les transports de mon cœur.
De tendres sentimens troublent son innocence,
Et ce n'est qu'en fuyant qu'il peut être vainqueur.
Oüi, je fuirai Tircis, sans qu'il puisse connoître
Les foibles mouvemens.... Mais je voi ce Berger,
Honneur, fierté, vertu, daignez me proteger,
Et ne permetez pas à l'amour de paroître.

TIRCIS.

Puis-je vous demander, sans trop être indiscret,
Qui vous force à chercher ainsi la solitude?

AMA-

AMARILLIS.

Me pourriez-vous, Berger, confier en secret
Le sujet important de vôtre inquietude?

TIRCIS.

Il est certains secrets qu'on s'efforce à cacher,
Mais on n'est pas certain d'en être longtems maître.

AMARILLIS.

Il est des sentimens qu'on peut se reprocher,
Et qu'il faut pour le moins empêcher de paroître.

TIRCIS.

Quand on a combatu, Bergere, assez longtems,
On peut enfin parler sans-être temeraire.

AMARILLIS.

Quand le destin s'oppose à nos contentemens.
Il faut, sans murmurer, soupirer & se taire.

TIRCIS.

Ah! des maux de l'amour le plus cruel de tous
C'est l'affreux desespoir de mourir sans se plaindre.

AMARILLIS.

On éprouve du sort les plus rigoureux coups
Quand par un fier honneur on est reduit à feindre.

TIRCIS.

Sous les dehors trompeurs d'insensibilité
J'ai caché jusqu'ici la plus ardente flâme.

AMARILLIS.

Par des éclats pompeux d'orgueil & de fierté,
J'ai tâché d'étouffer les desirs de mon ame.

TIRCIS.

Mais malgré mes efforts je connois en ce jour
Qu'on ne peut resister au Dieu qui fait qu'on aime.

AMARILLIS.

Si les cœurs les plus fiers sont soumis à l'amour;
Qui pourroit se souftraire à son pouvoir supréme?

TIRCIS.

Je craignois les rigueurs qu'on rencontre en aimant;
Mais accablé de maux j'adore encor mes chaines.

AMARILLIS.

Un Amant tôt ou tard trouve un heureux moment;

B 3   Mais

Mais de si doux plaisirs doivent coûter des peines.

T I R C I S.

C'est trop dissimuler, connoissez-moi, Bergere,
Permetez que d'amour j'expire à vos genoux.
Je brule dés longtems d'une flame sincere,
Et Tircis n'est enfin sensible que pour vous.

A M A R I L L I S.

Je crains plus vos respects que vôtre fierté même.
Je ne sçai quoi déja parle en vôtre faveur.
Contre un Berger charmant qui tendrement nous aime,
Il est bien mal aisé de deffendre son cœur.

T I R C I S.

Le Soleil dans les Cieux interrompra sa course,
L'hyver sera sans glace, & l'Eté sans chaleur,
On verra ces ruisseaux remonter vers leur source,
Plûtôt qu'on ne verra s'éteindre mon ardeur.

A M A R I L L I S.

Le doux printems de fleurs n'ornera plus sa tête,
Nos timides agneaux feront trembler les loups,
L'orageux Ocean n'aura plus de tempête,
Quand je romprai des nœuds si charmans & si doux.

T I R C I S.

Vous, qui vivez en paix dans ces belles retraites,
Nymphes, Bergers, Silvains, honorez ce grand jour,
Chantez tous en ces lieux le pouvoir de l'amour
Ce n'est que pour nos cœurs que ses douceurs sont faites.

S C E N E   D E R N I E R E.

A M A R I L L I S,   D I A N E,   I R I S,   T I R C I S, T R O U P E   D E   N Y M P H E S,   D E   B E R-G E R S   E T   D E   S A T I R E S.

L E   C H O E U R   repete en chantant.

Chantons en ces beaux lieux le pouvoir de l'amour.
Ce n'est que pour nos cœurs que ses douceurs sont
faites.

PRE-

PREMIERE ANTRE'E.

AMARILLIS & TIRCIS danſent
& enſuite.

DIANE & IRIS chantent.

Amans, qu'un heureux calme eſt doux
Quand il paroit aprés l'orage.

DIANE ſeule.

Tant que l'amour eſt avec nous,
On ne craint guere le naufrage;
La mer & les vents en courroux,
Font trembler le plus fier courage;
Mais les ſoins fâcheux des jaloux,
Allarment encor davantage.

DIANE & IRIS.

Amans, qu'un heureux calme eſt doux
Quand il paroît aprés l'orage.

IRIS.

Soucis, triſteſſe éloignez-vous,
Venez plaiſirs en ce boccage.
Nous n'aprebendons point les loups
Dans l'ombre de ce bois ſauvage;
Mais le mal que nous craignons tous
C'eſt d'y trouver un cœur volage.

DIANE & IRIS.

Amans, qu'un heureux calmé eſt doux
Quand il paroit aprés l'orage.

DEUXIE'ME ANTRE'E.

DE NYMPHES ET DE BERGERS.

IRIS.

LE faſte éclatant
Souvent importune,
Qui ſuit la fortune
N'eſt jamais content,
La vie innocente
Qu'on mene en nos bois
Vaut bien quelque fois

La

La grandeur brillante
Des plus puissans Rois
Ici sans allarmes
Nous vivons en paix,
Et l'amour jamais
N'y coute des larmes;
Il rend par ses charmes
Nos plaisirs parfaits.

TROISIE'ME ANTRE'E

DE SATIRES avec des tambours de Basque.

DIANE.

*L*E vaste Empire de Neptune
De flots est toûjous agité,
Et qui s'attache à la fortune
N'a pas plus de tranquilité.
Le seul amour a l'avantage
De nous donner un heureux sort,
Et malgré les vents & l'orage
Tôt ou tard il nous mene au port.

LE CHOEUR.

Le seul amour a l'avantage
De nous donner un heureux sort,
Et malgré les vents & l'orage
Tôt ou tard il nous mene au port.

Quatriéme & derniere Antrée.

DE NYMPHES, DE BERGERS. ET DE SATIRES.

FIN.

www.ingramcontent.com/pod-product-compliance
Lightning Source LLC
Chambersburg PA
CBHW061522170626
46811CB00004B/1801